句集 木の精

KUKUNOTI

渡辺 瀑

Watanabe Baku

創風社出版

序

夏井いつき

句集名『木の精』は、ククノチと読む。

古事記等の古い書物には「久久能智」「句句廼馳」とも記される木の神だ。

「クク」は茎あるいは木木の意、「ノ」は助詞、「チ」は精霊あるいは霊力あるものの尊称で、ヲロチ・イカヅチなどの「チ」と同じだという。

それらを理解した上で、「ククノチ」と声に出してみると、雪に立つ山毛欅の匂いがしてくる。雷鳴の過ぎた沢に汲む水の冷たさ、縄文杉の樹間を動く霧の粒子、屋久杉を取り囲む鹿の声や星の声がさわさわと聞こえてくる。

腰までを雪に埋もれて山毛欅見上ぐ
眠らるるか山毛欅の巨人へ春の雪
かるかると木霊二月の橅の洞
雷鳴の過ぎたる沢に水を汲む
朝な夕な縄文杉は霧を吐く
鹿の声屋久杉の声星の声
かの歌は木の精（ククノチ）ましら酒匂う

瀑さんとは長年句友として句座を囲んできたが、彼が山歩きを楽しむようになってから、折々、山の写真を見せてもらう。雄大な風景を切り取る視点にも感嘆するが、小さな草花に向けるまなざしも優しい。

かたくりの花開くまで詩を敲く
苔の花明るしトロッコ道暗し
樊噲草盛りや並ぶ牛の尻

鳥に揺れ鼠に揺れる草の花

瀑さんは、句材に対して丁寧に根気よく向き合う。出会った季語の何に自分のアンテナが動いたのか。どんな表情を描写したいのか。そこから感じとったものをどう伝えたいのか。彼は、表現に対して妥協しない。自分という軸をしっかりと持っているから、粘り強く季語と交信する。そして、詩を敲くことに倦まない。

龍神の卵の如く福寿草
龍尾触れたか凍滝の崩れ落つ
龍神を鎮めよ千の夕菅よ

個人的好みになるが「龍」の愛唱三句。これからは、福寿草の蕾を見る度に、龍神の卵だと思ってしまうだろう。凍滝の崩れるさまを見る度に、目に見えぬ龍の尻尾を探してしまうだろう。そして、夕菅の花を見る度に、まるで巫女のようにその花を振るに違いない。

塩辛き七草粥よ山小屋よ
炭酸の弾ける如く樹氷鳴る
源流の氷柱甘くて美しい
むささびを見にゆく月の涸れ沢へ

漫歩さんへ

道しるべたる三椏の花明り
黄金週間嵐と本と山小屋と
何処より何時より膝のなめくじら
げじげじの脚を損ねず逃しけり
駒鳥や雲は我等を通過中
花野にて受ける散髪屋の電話
たれかれに渡しておりぬ朴落葉
木の匙に磨研紙あつる良夜かな
隼にブロッケンの環二度裂かる

レノン忌や山男等のハーモニカ

さらなる愛唱句をと書きとめていくと、ここまでで第一章「落し角」の中のかなりの句を抜いていることに気づく。これでは紙幅がいくらあっても足りない。第二章「天動説」は、長崎や広島の吟行句を交えつつ西日本豪雨にも及ぶ強靭にして繊細な句が並ぶ。第三章「ケロリンの桶」は日常詠。心ほぐれる家族の表情も描かれている。第四章「雪婆」はさらに圧巻。季語の世界を自由自在にワープしていくこの作家の真骨頂だ。

荒星や婆娑羅の如く詩を敲け

瀑さんは、自他の作品に対して、理論的に分析することを己に課しているのだと思う。気の利いたかに聞こえる印象評や小難しい抽象論で俳句を語った気になるのが、たぶんスゴく嫌いなんだろう。一つ一つの句の良さを、問題点を、改善点を丁寧に考えていくことが、その作品に対する最大の敬意だと考えているに違いない。芯から底から誠実なのだ。

そういう姿勢を貫く瀑さんを慕って、句座を囲む仲間たちも年々増えてきた。これからは、俳句の種を蒔き、育てる指導者の一人として、さらなる力を発揮して欲しい。

この序を書くために、今まさに読み終わって、これこそが俳句作家渡辺瀑の句集だと、深く肯う。胸奥に爽快な木の香を抱いているような心持ちでいる。

我が机上に並べておきたい句集がまた一つ増えた。大きな実りの一冊だ。

木の精

KUKUNOTI

目次

落し角

龍神の卵の如く福寿草

塩辛き七草粥よ山小屋よ

半身は透きて歩めり雪の尾根

炭酸の弾ける如く樹氷鳴る

腰までを雪に埋もれて山毛欅見上ぐ

雪嶺の極上の蒼に盲いぬ

源流の氷柱甘くて美しい

吾を射んと百の切っ先大氷柱

ずがずがんずざざん凍滝崩る凍り初む

龍尾触れたか凍滝の崩れ落つ

眠らるるか山毛欅の巨人へ春の雪

雪原にあるはずのなき熊の糞

むささびを見にゆく月の涸れ沢へ

かるかると木霊二月の樵の洞

山小屋の淡き光の紙の雛

漫歩さんへ

道しるべたる三椏の花明り

太陽を見失いけり落し角

山麓は雪解まぢか山羊歌う

黄金週間嵐と本と山小屋と
かたくりの花開くまで詩を敲く

豊かなる雨後のさえずりうまき水

御神体写すべからず蝶の昼

ひばりひばり鉄条網越え歩く牧

人恋えば山芍薬の仄明り

笹百合の尾根やわらかく会釈さる

三光鳥光はすべからく注ぐ

降りそそぐ木霊や眠き袋角

蟾蜍塞ぐ深山の切り通し

何処より何時より膝のなめくじら

すれ違う子泣き爺や山女釣る

龍神を鎮めよ千の夕萱よ
近づける雷へばりつく岩場

苔の花明るしトロッコ道暗し

雷鳴の過ぎたる沢に水を汲む

樊噲草《ハンカイソウ》盛りや並ぶ牛の尻

げじげじの脚を損ねず逃しけり

火の山を登る寝釈迦の臍辺り
郭公の朝や大阿蘇噴いている

駒鳥や雲は我等を通過中

銀竜草群れて天馬と化す鞍部

雨近き盗人萩に獣臭

何処より降る涸れ沼の水馬

鳥に揺れ鼠に揺れる草の花

花野にて受ける散髪屋の電話

深海魚めきて分け入る芒原

太陽の震えは風に大花野

硫黄谷越えて花野の青き空
鹿鳴いて森は太古の湿り帯ぶ

たれかれに渡しておりぬ朴落葉

木の匙に磨研紙あつる良夜かな

朝な夕な縄文杉は霧を吐く

屋久猿の威嚇に迂回する泉

鹿の声屋久杉の声星の声

かの歌は木の精《ククノチ》ましら酒匂う

菊の酒天狗倒しにこぼれたる

隼にブロッケンの環二度裂かる

レノン忌や山男等のハーモニカ

千両の灯り雪輪の滝近き

天動説

花曇泣きだしそうな麒麟の眼

地球には人間そして　春の雨

殉教の島と聞きしや猫の恋

本堂の襖に隠すマリア様

春浅き礼拝堂にとる帽子

キリシタン洞窟蝶低く放つ

蝶黒き列為し原子力発電

鳥どちの恐るるものに春の玻璃

囀やもりもり爆心地の大樹

囀の地球四十六億歳

街へ降る闘牛場の桜かな

卯の花腐しタランチュラにでもなるか

大関牛小鉄の勢子の片ピアス

負け牛の裂傷茅花流しかな

夕虹や防空壕を閉ざす鍵

蝙蝠を生むや英霊墓標群

広島の鐘や早星餓えて

高らかに歌う国歌やサングラス

西日本豪雨

濁流を小舟の如く冷蔵庫

黒南風や下流に橋桁の残骸

昭和十八年豪雨を語る生御魂

川底と化したる町の大夕焼

バイカル湖の星の話や生御魂

甘く煮る牛肉八月十五日

リュウグウノツカイ月吐き打ち上がる
虫すだく天動説の夜なりけり

太陽は深く眠れり鵙の朝

釣鉤に掛かりしひよどりのひらひら

下羽の切られ寒露のフラミンゴ

ペリカンの悲しき嘴へ雪が降る

海鳴りや石を載せたる冬の家

音立てて潮流るるや鷹柱

流木焚火へ遍路もサーファーも

冬の虹泣きだしている海がある

お日柄も良く狐火と出会いけり

霊長目ヒト科ヒト属たる寒さ

冬林檎膨張してるらし宇宙

レノン忌や想像妊娠したる犬

自衛隊去る一列に雪兎

九条や装填したる竜の玉

枯野行き電車眠れる男達

戦いの合間の風花でありしか

虎落笛に雑じりて強《こわ》き硫黄臭

抱かれ来る猟犬腹を抉《えぐ》られし

くじら肉鉄の匂いを放ち雪

人日の夜を鳴きとおす捕獲檻

長崎の鐘荒星を砕くかな

鯨鳴く夜なり戦禍がまたひとつ

ケロリンの桶

未来図を描き直して春夕焼

空海も純友も吾も菫なり

全開の窓七人の卒業歌

ぶらんこと仲良し像の仮移設

少年に戻る弥生の草まみれ

友達でなくなりし日の草虱

アスパラガス日和や夫の誕生日

自転車を列べ日永の油注す

若貴のポスター永き日の潮湯

春の蚊と覚しきものの過りけり

一鍬に雨後の筍仕留めつつ
妻と吾を運ぶ日永のモノラック

幟屋の土間は三間桜東風

神官の車が花を撒き散らす

麦秋の波へ全校生徒入る

早苗田の守り人甘そうに煙草

頬白の歌えば円くなる光

姉さんが欲しかった空花蜜柑

よしここは代打の代打冷奴

一匙に崩す立夏のダムカレー

虹立つや脚ひっぱって牛産まる

夏川や牛の闘《つか》える沈下橋

受話器より大東京のはたた神

海の日を人魚のごとく過ごしおり

棒切れと出鱈目歌と夏の草

朝顔や新聞少年だったんだ

呼び鈴にしばらくの間《あい》夜の秋

実家は退屈ふうせん葛の種を選る

カンナびらびら元の鞘には戻れない

最強の藪蚊を配し父眠る

稲雀町に八つの小学校

花すすき道草名人達の歌

三女桜也香

朝霧を駿馬の如く駅伝部

海辺へと嫁げば海の運動会

美術展帰りや海を一時間

船橋の神棚あたりちちろ鳴く

秋風やリヤカー幅の島の道

赤い実は小鳥に青い実は父に

柚味噌や家の光の読者欄

茶毘に付す母と月光に眠る

どんぐりをごりごり踏んで結願寺

歯車を外れきりぎりすになろう

校長の諭せば帰る狸かな

駅長の指さすむささびの飛翔

蜜柑汁飛びぬ子規逝く第三巻

クレーンに吊す聖樹の金の星

鰤一尾持ち込む消防詰所かな

男等の激論の端に炭つぎぬ

昼火事の匂いですねと整体師

福引のテレビがまたも壊れけり

輝のなき母の手がやせっぽち
ケロリンの桶は永遠おでん酒

客引きに囁かれいる雪の路地

ビリー・ホリデイ低く忘年の四次会

早々に妻へ白旗振る二日
セイウチの牙に触れたる三日かな

女正月きりんの肉が美味らしい

蟹刺しの花の如くを笑う喉

冷戦や納豆服を汚したる

喪の家の鋼のような雪を掻く

雪婆

風花やほろほろ鳥は嫌いです

草石蚕《ちょろぎ》紅しアメノウズメの舞見しか

海からの雪優駿の静養舎

鷺鳴くや壺を逆さにすれば雨

入れ墨の男と愛の日の湯船

薬莢は沈み椿の流れゆく

春はあけぼの河童の鱗めくネイル

竜天に蒟蒻切ればクレーター

転生や春の雲より遅き驢馬

涅槃図の下に散華を賜いけり

まだ伸びるすっぽんの首万愚節

無頼でも君子でもなくアスパラガス

草餅や邪馬台国の四国説

四万十の語源はアイヌ初燕

輿入れの狐に続く蝶千頭

若駒のおこせる風の一マイル

たんぽぽの絮いずこまでサーカスまで

鉄扉開き薔薇の香りの猫が行く

飛魚の滑空いろは丸見しか
無線より海霧の詳細　途切れけり

天人の如く海霧湧く橋をゆく

彗星の零す銀粉朱夏の船

三つめの壺は旱へ放つ龍

子を抱き幽霊掛軸に戻る

女郎蜘蛛編みし山河の光かな

土佐絵金祭り

白百合を絵金に触れさせてはならぬ

荒ぶ鵜へいよいよ蒼き川面かな

夕焼へ砂の鯨も帰しけり

水澄むや湖畔でありし外輪山

きつねのかみそりここより熊野古道なる

ペダル空転すれば月下の猫の国

かなかなや行方知れずの犬帰る

神仙沼だったか仙入見かけしは
朽ちゆける二百十日の大草鞋

一列に良夜を戻る屋形船

屋形船すすきを挿して下りけり

船頭のうるかの酒に焼けし声

柿の葉の上の八寸文化の日

役人の据えて行きけり蜜柑鉢

二礼二拍手　木の実落つ　一拝

一人の灯一人のテント憂国忌

秋深しオルソンさんの土の笛

雨乞いの壺覗きおり雪婆

白滝

紅葉且つ散る落城の紙芝居

拉麺すするか冬夕焼を見に行くか

小春日のカフカに紅茶こぼしけり

鯨鳴く淋しき星を集めては
一斉の百の汽笛へ淑気満つ

荒星や婆娑羅の如く詩を敲け

あとがき

いつの頃からか歩くことが楽しくなり、誘われて山に登り始めてからは、その世界に魅了されていった。

傍らの小さな野草に目を奪われ、鳥の声に耳を傾ける。

やわらかな光の溢れる春の山、草花が次々と入れ替わる夏の山、紅葉後の秋の山の静寂、凛の世界の冬の山。

大自然から戴く感動や景色を詠むことがこの上なく楽しい。

但し、山の時間は限られた非日常である。

本句集は山の句を主眼に置きながら、日常をテーマ別に編み四部構成とした。

俳句は自分の感動、様々な思いを刻むもので良いと考えている。

普段の生活より生み出される句も然り。

句会での我が師夏井いつき氏の選は、共感とか感動とかに関係なく、句の良し悪しのみの客観的な評価である。

自身の俳句そして選句眼は、師指導の句会をとおして磨かれ、現在に至ることが出来たものと思う。

句集上梓にあたり、夏井いつき氏には身に余る序文を賜り、また選句等でご助言を頂いた。

これ迄のご指導と共に深く感謝申し上げる次第です。

更にムーミンの谷句会、さえずり句会、まほろば句会、そらまめ句座、蕎麦句会、肱川水系俳句倶楽部等、共に切磋琢磨してきた句友に感謝致します。

ことに渡部ひとみ、谷さやんの両姉様には、選句から出版までの有難く的確なご助言を頂いたこと、感謝致します。

そして何より、豊かな時間を作らせてくれる妻へ、ありがとう。

二〇二一年九月　　渡辺　瀑

著者略歴
渡辺　瀑（わたなべ　ばく）
1960年3月24日生まれ
2004年6月より俳号メイプルにて作句開始
2005年1月よりいつき組ムーミンの谷句会参加
2007年2月俳号を渡辺瀑に改名
2008年11月より肱川水系俳句倶楽部開始
2015年より俳句甲子園審査員

所属　いつき組

現住所
〒799-3432　愛媛県大洲市柴甲1470-2
mail : baku@galaxy.ocn.ne.jp

句集　木の精　KUKUNOTI

2021年9月20日発行　　定価＊本体2000円＋税
著　者　　渡辺　瀑
発行者　　大早　友章
発行所　　創風社出版
〒791-8068 愛媛県松山市みどりヶ丘9－8
TEL.089-953-3153 FAX.089-953-3103
振替 01630-7-14660 http://www.soufusha.jp/
印刷　㈱松栄印刷所　　製本　㈱永木製本

 ISBN 978-4-86037-308-5